KB218770

비애의 술잔

황금알 시인선 301
비애의 술잔

초판발행일 | 2024년 10월 31일

지은이 | 이수익
펴낸곳 | 도서출판 황금알
펴낸이 | 金永馥
주간 | 김영탁
편집실장 | 조경숙
표지디자인 | 칼라박스
주소 | 03088 서울시 종로구 이화장2길 29-3, 104호(동숭동)
전화 | 02)2275-9171
팩스 | 02)2275-9172
이메일 | tibet21@hanmail.net
홈페이지 | http://goldegg21.com
출판등록 | 2003년 03월 26일(제300-2003-230호)

비애의 술잔

이수익 시집

황금알

 나의 등단 전후 미발표작부터 근작 『침묵의 여울』에 이르기까지 쓴 작품들을 찬찬히 읽고 이를 소상하게 해설해준 문학평론가 유성호 교수께 깊은 감사를 드립니다.
 이 해설의 원고는 지난 7월 22일 내 고향 경남 함안에서 열린 경남문인협회에서 유 교수가 발표한 '이수익의 시세계' 내용을 본인이 많이 다듬어서 가독성 높게 정리해준 것임을 알립니다.

 이 행사를 주최한 경남문인협회(이달균 회장)과 주관한 함안문인협회(조평래 회장)에게 고마움을 전하며, 동향 배한봉 시인이 행사 토론자로 참여해준 것을 기쁘게 생각합니다.

 최근 개관한 함안문학관에다 내가 지금까지 펴낸 시집과 시선집 시전집, 상장과 상패, 육필 원고, 편지, 사진, 신문 기사 등을 오래 보존키로 하고 여기에 필요한 조치가 준비되어 있음을 알립니다.

 편안한 나날이 흘러갑니다.

차 례

1부

비명悲鳴 · 12

느리고 하염없는 슬픔 · 13

그 벽 · 14

언젠가 우리가 꿈을 꾸듯이 · 16

그리운 시절 · 18

산불 · 20

오징어 파티 · 22

초상화 시리즈 · 24

악마의 입술 · 26

죽음의 축제 · 28

비교하지 마 · 30

밤 1시 30분 · 32

정답이 없다 · 33

2부

냉혹한 사랑 · 36

첨단尖端을 위하여 · 37

저수지, 묵직한 그 흐름 속에는 · 40

힘이 세상을 누른다 · 42

한파 · 44

격노激怒 · 46

우두커니 · 48

난장판 · 50

격렬비열도 · 52

나는 그렇게 살다가 · 54

일장춘몽一場春夢 · 58

환락 · 60

3부

시계추에 기대어 · 62

퇴폐 속으로 · 67

사랑의 방식 · 68

죽음의 키스 · 70

산갈치 · 72

빈곤의 철학자 · 74

두 장의 얼굴 · 76

관점 · 78

흘러내리는 말들 · 80

바다가 있다 · 82

거기 주인처럼 · 84

세월 · 85

4부

방생放生 · 88

밤하늘에 새파란 별이 뜨고 지는데 · 89

두려운 밤 · 92

군무群舞 94

보란 듯이 · 96

고맙다 · 98

하얀 평화 100

옛날에 금잔디 동산 · 101

입이 없다 · 104

만화방창萬化方暢 105

개미에게 · 106

국경에 대하여 · 108

무덤이 그렇게 서 있는 이유 · 110

■ 해설 | 유성호
사물과의 친화와 결속을 통한 '사랑'의 시학 · 112

1부

비명悲鳴

창밖으로 몸을 던진다, 차마 날지 못하는 어린 새처럼

수직으로 낙하하는 흰 공포의 시간

마침내 땅바닥을 쳐서 붉게 물들인 피의,

내가 있다

느리고 하염없는 슬픔

장엄하고 느리고 슬픔에 빠져 있는
비극적 선율이
조금씩 우리들 곁으로 다가오고 있다
최후의 길은 이렇게 차갑고 냉정하고 섬세한 구조로
짜여 있는 것일까
미쳐버린 새들은 둥지를 떠나 북쪽 하늘가를 날고 있
고
귀를 닫아버린 아이들은 정처 없이 골목을 떠돌아다니
는데
우리는 이제 입을 틀어막고, 가슴을 바짝 움켜쥐고,
처참한 애도를
드러내야 하나
장송곡은 점점 가까이
다가오는데,
우리는 외마디 비명처럼 하얗게 얼어붙은 몸으로
벌거숭이 된 채 서 있다

그 벽

사람의 혈관은
약 10만 킬로미터의 무한 협곡을 거쳐
처음 떠났던 심장으로 돌아오는데
걸리는 시간은
딱 23초

놀라운 압박을 수용하며 흡입과 분출을 자유롭게 감당하는
혈관이 당신과 나에게 있음으로서 평등하게 살아가는
그 이유가 되는 것인데

오, 거룩한 노동의 만찬이여
그리고
가혹한 피의 순결이여

오늘 아침
23초 피의 흐름을 끊고 자결한
성추행당한 여군 중사가 있다, 소름 끼치는
전율이 마구 흘러내리는

그때, 넘을 수 없었던

그
벽!

* 2021년 5월, 모 공군부대에서 남성 상관에게 성추행당한 이예람 중사의
  비극을 그린 시. 2024년 7월 20일 이 중사는 극립서울현충원에 안장되었
  음.

언젠가 우리가 꿈을 꾸듯이

검은 유혹들이 개펄처럼 진득하게 깔리는 오후의 거리

눈웃음치는 하얀 이빨들의

나태하고 게으른 속성들이 오래전에 씹었던 껌을

도로 꺼내서 씹는다

왼발이 오른발을 감싸 안으면서 권태로운 시간을 버려
보는데

찰칵! 하는 소리에 그만 정신이 번쩍 드는

환상의 시간

거기 당신 말고 누구 없소? 당신을 찾는 게 아니라니
까 그러시네

오늘도 외상술을 마시고 가슴을 활짝 열어 보이는

스무 살의 귀여운 아가씨, 철없는 장난꾸러기, 때론 위험하게도

한번 세상 절벽 끝까지 가보기도 했던 이야기의 주인공인 그녀

스르르 잠이 몰려오고 있는 것인데

그리운 시절

그 사이를

불굴의 투지로서 어깨를 부딪치며 거듭 전진해가던
그런
한때가 있었다
얼음 같은 광기와 저주, 질풍 또는
노조怒潮에 휘말리면서
끓어오르던 열기와 욕망을 가득 품고 미칠 듯이
헤매던 젊은 시절, 우리들의 낭만이 거기 있었다

그 사이를

웃고 떠들며 마음껏 소리치며 절망에 빠져서 흐느끼던
그런
한때가 있었다
뜨거운 침묵과 차가운 소란 속을 헤매며 격정적으로
토론하던 그때 그 시절,
우리들의 불행 우리들의 사랑이 거기 있었다

생각하면 다 지나간 일…
무섭도록, 무섭도록
그리울 뿐이다

산불

시뻘건 산불이 능선을 따라 험악하게 요동치고 있다

가슴이 오그라든 채 나는 멀리서 캄캄한 밤에 일어난
대형 산불을

그저 속수무책으로 바라만 볼 뿐이다 그러니까 우리는
정말

쓸모없는 사람 우리는 청맹과니 우리는 기회주의자 활
활 타오르는

산불을 어이없이 쳐다보는 얼굴들이 부서진 거울처럼
창백하게

흩어져 있다 초속 15미터의 강한 바람이 남동풍으로
불다가 이제는

북서풍으로 돌변하면서 형체가 제멋대로 생긴 괴물들
이 우뚝우뚝 일어나

진두지휘를 한다 눈에 보이는 적들은 완벽히 격멸해야 해 동서남북을

가릴 것 없이 송두리째 태워버려야지 불꽃은 사방으로 일렁거리고

차마 입을 열지 못한 나는 대형 산불의 주모자라도 된 듯 엉금엉금

뒤를 살피며 재빠르게 귀가를 서두른다 내 가슴 속에 커다랗게 박혀있는

멍 내가 빼려고 해도 빼지지 않는 불구不具의 멍 나는 완전한 패배주의자!

오징어 파티

잘 구어야 해! 맛있게
그리고 쫄깃쫄깃하게

그런 말들이 입 밖으로 튀어나올 듯하면서도
은근히 주인의 눈치를 살피고 있는 우리 동네 60대 친
구들은
소주잔을 기울이며 불판 위에다 신경을 쓰는데

맛있게 구어야 해! 너무 태워서도 안 되고
희미하게 스쳐 지나간 것도 안 되고

우리들의 입과 눈동자가 소주 보다 더욱 맛깔 나는 오
징어에다
곰곰이 입맛을 다시는 중인데

집주인은 자주 들었던 얘기라서 그런지, 그저 무심하
게
검은 갈색 빛나는 오징어를 이리저리 굴리고 굴리면서

바싹하게 잘 구어진 오징어를 집어 접시 위에다 힘껏
던진다

　　다섯 명의 친구들이 붉은 성애性愛의 담론을 꺼내놓고
낄낄대는
　　이 야릇한 밤,
　　성스러운 욕망이 한껏 피어나는
　　우리들의 파티

초상화 시리즈

당신은 그렇다
음습한 곳을 좋아하는

선명한 자리를 기피하는
그런 당신은
축축하고 습기 찬 어두운 자리를 구애하듯 즐기는

그래서 따지고 보면
제법 위험한 요소를 품고 분쟁주의자로서의
아슬아슬한 기회를 누리고 있는

당신에게는
가득한 절망이 최고의 묘수

달아나라, 달아나라, 한참 멀리 달아나라,
격리된 공간에서
반짝 눈을 뜨는

당신은

체질적 반항아,
저주의 밤은 깊고 또한 완강함으로

혼자만이 품는 그윽한 환희여
차갑고 서러운 그대
당신의 고통이여

악마의 입술

막막한 어둠 저편에서
교묘한 요설로서 희롱하는, 악마의
입술처럼 생긴 수상한 물체들이 흐느적거렸다 증언자
의 입으로
고백하건대 이건 분명히 살아 있는, 기동력이 매우 뛰
어난 귀신의
출현 이외에는 달리 표현할 수가 없는 것으로서 왜 귀
신은 그토록
밤을 사랑하는가 밤에 죽었다가 밤에 태어나는 저주의
생애를
흐느낌처럼 안고 지내는가 그러니까 옛날 우리 마을
저 아래쪽엔
제법 큰 저수지가 하나 있었는데 캄캄한 밤이면 붉고
푸른 귀신들이 숲속에서
눈 깜빡할 사이 나타났다간 금세 사라지는 기이한 광
경을 보여주곤 했었는데
죽은 이들이 낮을 피하여 밤마다 황홀한 도취의 불꽃
들을 피우고 싶어서 그랬겠지,
그런 추측도 가능했을 거라고 나는 믿었다

막막한 어둠 저편에서 악마의 입술처럼 생긴 물체들을
귀신이라고 믿는
  나의 허구의 진실을 제발 긍정적으로 믿어다오 커다란
공포에 휩쓸리는 밤
  11시부터 12시, 1시, 2시… 그 사이를 흐느적, 흐느적
거리고 있는

죽음의 축제

아버지와 어머니의 뜨거운 긴 밤 끝에
드디어 어느 날 나는
숨 가쁘게 태어났다
그 속에 나의 일생이 한결 명료하고 진실하게
기록되었을 것이다 신이 그것을 이미 알고 계실 테지
만,

친구 중에 한 명이 세상을 먼저 떠났다는 부음이 전해
졌다
전혀 예기치 못한 일이다 친구 중에서도 제일 오래 살
것 같은
그였기에
그의 죽음은 허망하게 지옥의 구렁텅이로 밀어 넣은
기분이 들었다

그러니까 지금 나는 살아 있는 것일까 아니면
나는 조금씩 죽어 가고 있는 것일까
둘 중에 하나를 골라잡아야 하는
이 기막히고 난처한 게임에 빠져서 허둥거리고 있을 때

신이 이미
그것을 알고 계시는 것처럼,

누구도 모르면서 나는 오늘을 살고 있고
그 모르는 것 속에 당신과 내가 살고 있고
그 모르는 것 속에 우리의 이별이 숨죽여 깃들어 있는
것을
안다/ 모른다/ 안다/ 모른다/ 안다/ 모른다⋯ 하는 것을
신이 그것을 알고 계실 테지만,

죽음은 이미 예비 된 날짜에다
그대로 내 몸을 던지는 일,
그러니까 나의 죽음도 전혀 새롭지 않다

비교하지 마

나는 조금씩 조금씩 작아지고 있어
너와 나를 비교하지 마
너는 크니까 엄청 좋겠다 그런데
나는 볼품없이 작아져서 희미하게 보이는
여린 불빛 사이로 숨넘어간 바퀴벌레 흔적처럼
잠적하고 있어 흐릿하고 흐릿하게 지워지고 있지
나의 키, 나의 몸무게, 나의 손과 발,
나의 심장과 폐까지 작아지고 작아져서
나는 숨 쉬는 조그만 난쟁이, 그러니까 나는 저 멀리 사라진
폐허의 집 거미줄이 얽히어 있는 멸망한 가문의 흔적처럼
형식적인 나는 이미 사라진 사람
과거에 사로잡힌 나를 불쌍하게 여겨줘 그러니까
나는 오늘도 점점 작아지고 있어
험악하게 나를 너와 비교하지 마, 너는 크니까 엄청 좋겠다
화사한 몸매로 하늘을 움켜쥐는 포오즈로 뛰어다니는 네 모습이
나를 설레도록 만들지 앞으로도 나는 얼마만큼 작아질

지 모르겠지만

그렇지만 나에게도 숨겨둔 비밀병기가 하나 있지 비밀병기!

우습지만 내가 살아가는 유일한 방법은 바로 내 눈 속에 들어 있어

어두워지는 눈 속에 피어오르는 외줄기 파아란 분노의 빛이

내 몸이 작아질수록 그러나 형형하게 주위 사물을 기억하면서

오늘을 살아가게 하는 힘이 되는 거야, 몸이 작아지면 작아질수록

상대방의 내부를 꿰뚫어 볼 수 있는 거친 치열함이 바로 그것이지

세상에서 누구보다도 나를 보호하기 위해서도 아마 그렇겠지

그래서 나는 내일도 모레도 조금씩 작아지고 있겠지만

내 몸이 하얗게 사그라질 때까지 눈부시게 피어오를 내 눈의 정령을

믿고, 사랑해

밤 1시 30분

100미터 벼랑 끝에 서 있는 그를
나는
뒤에서 확, 밀어버렸다
그 순간 지옥을 향해 질주하는 거친 가속도의 시간
공중에서 새파랗게 질린 그의 모습이
끔찍하게 땅으로
쏟아졌다

눈을 뜨고 바라보는
벽면의 시계 밤 1시 30분

나는
누군가 나를 밀어버린 그 시간에
정신을 잃은 듯 그냥 가만히 혼몽昏懜하고 있다

진땀이 흐른다 피가 흘러내린다 차디찬 공기에
부딪쳐서
얼어붙는

오, 서늘한 밤

정답이 없다

'지구는
창백한 푸른 섬'
이미 64억 킬로미터 떨어진 바깥에서
아득히 먼 행성 지구를 바라본 한 인간이
외쳤던 처절한
구호 한 마디가
지구에다 몸을 기대고서 누워 있는
나의
불구의 생애를
창백하게 갉아먹고 있다는 사실을 알까,
모를까, 아니면 그 중간
어디쯤일까
혼돈의 계절이 너무나도 깊고 어둡게
흘러가기만 할 뿐,
여기엔
정답이 없으므로

2부

냉혹한 사랑

입술이 불타는 사랑 때문에
너는 헤어지자고 내게
말했다

입술이 불타는 사랑 때문에
나도 헤어지자고 네게
말했다

우리 모두 까맣게 상대방을 잊고
하얀 얼음으로 공중에 떠오르고 싶어,

차마 저 냉혹한 사랑을 위하여
두 몸이 서로 원수같이
돌아서기를,

입술이 불타는 사랑 때문에!

첨단尖端을 위하여

계엄군처럼
기습적으로 일어섰다

한가운데가 우뚝하게 솟아난
삼각형 모양의 쇄빙선이
그
선두에 서고

우리들은
하얀 침묵을 삼키면서 한 걸음씩
한 걸음씩 전진하는
배 한 척
거룩한 입항을 준비 중이다

이제는 적을 만나면
물러설 수 없는
한 판 벼랑 끝 전술을 펼쳐야 한다
죽기 아니면
살기, 살기 아니면

죽기!
이 첨단의 생존법을 단호한 투쟁에서
기필코 성취해야 한다

쇄빙선은
두꺼운 얼음판을 거듭 깨부수며
앞으로 흘러가고
우리들은 불면의 밤에서 잠 못 이루면서
어두운 항로를 지켜보고 있는데

그렇지만, 그렇지만, 되돌릴 수 없는 참담한
실패처럼 우리가 적 앞에 무릎 꿇어야 할 때는
패배자로서 낙인찍힌 채 목에 칼이 들어오는
참수의 시간을 기다려야 하겠지 오오,
그렇겠지

서서히 바다를 가르면서 전진하는 쇄빙선을 따라
물결치는 배 한 척 위에

우리들 목숨이
차갑게,
걸려 있다

저수지, 묵직한 그 흐름 속에는

저수지는
거대한 몸짓을 있는 그대로 드러낸
야생의 힘찬
가슴팍

물줄기들을 한 곳으로 모으면서 숨을 쉬고 있는
이무기, 조용한 바닥 위에 새로운 압력을 더해주면서
키를 넓히는데

외삼촌이 살아 있을까 아니면 죽었을까
어머니는 저수지에 빠져 죽었다는 남동생의 이야기를
아직도 믿지 못하는 듯
잠시 허둥거렸다

그때도 그랬지, 시골 외갓집 허름한 방 뒤쪽으로
기우뚱하게 서 있던 변소 그 아래로 그만
발이 미끄러지면서 바닥으로 떨어져 내린
삼촌은 그때부터 안타깝게도 뇌전증에 걸렸던 것인데
그것을 알 리 없는 시골 사람들은 차마 어찌할 바를 몰

라 했는데

어느 날 저수지에 하얗게 죽은
변사체가 떠올라
그것이 바로 외삼촌이었다는 것을 알게 되었다고 한다
그러니까 삼촌은
죽음으로서 자신의 삶을 이 땅에서 영원히 지워버리려
고 했던
그
주인공이 되었던 것이다

오늘도 저수지는
캄캄하게 어두운 내면을 숨기면서
새로운 지평을 이루며 흘러내리고 있다
힘찬 근육을 드러낸 이 야생의 가슴팍 이면에는
아직도 지워지지 않은 외삼촌의 절망과 고통이
시퍼렇게 살아서
숨 쉬고 있다

힘이 세상을 누른다

힘을 가진 놈이 제일 유리하다
힘은
행사할수록 타인을 발아래 굴종시키므로
근력을 키우고 맷집을 키워
늠름하게 적을 압도할 수 있도록
그렇게 힘을
키워야 한다

힘이 없는 사람은 억울하게 피해를
봐야 한다
재산도 없고 학벌도 없고 세상살이 노하우도
없는 데다
명예도 없이
무슨 수로 세상을 살아가야 하나

힘이 세상을 누른다

더럽기도 하지만
세상은 항상 그렇다

우리 같은 사람은 힘도 좀 약하고
세상 물정에도 그리 밝지 못해서
근근이 목숨 걸고 살아가야 하지만

힘이 없는 사람은 그냥
죽을 맛이다
때리면 때리는 대로 얻어맞고
가슴 터지게 배고픔을 참아내야 한다
가난을 숙명처럼 그렇게 여기면서

힘이 있는 사람과
힘이 없는 사람의 사이에는
늘 거대한 물결이 구비 치고 있다

피할 수 없는 경계境界를 이루면서

한파

시계탑 주위로
사람들이 모여서 서성거린다
말을 삼킨 사람들이 입을 봉한 채
수상하게 빛나는 칼을 숨기면서
뜻밖에 암살에 가담할 듯

몇몇이 모여서
다시 헤어지고
그리고 한데 모여서

전날 맺었던 침묵의 비밀결사 약속을
깨뜨리고
새로운 판을 짜야겠다는 듯,
완전한 밀사의 어둠을 겹겹이 휘두른 채
촌각의 세력들이 수령 받았을 그즈음

지지한 세력들이 몰려서
지나간다,
지나간다,

시계탑 주위를 엄호한 사람들 사이로
살얼음 같은 냉혹한 계절이 시작된다

아,
입이 떨어지지 않는 지옥의
강철 같은 한파가 휘몰아치고 있는 것이다

격노激怒

그가 마침내 그 아들에게 격노했다

그의 아들이 그 아버지 앞에서 죽을 듯이 빌고 빌었다

그의 손자가 그의 아버지 앞에 살려달라고 애원하였다

그의 증손자가 그의 아버지 앞에 무릎 꿇고 용서를 빌었다

대체로 무슨 잘못을 저질렀기에 온 집안이 파죽음인가?

뒤늦게 서야 그의 격노는

바로 자기 자신을 향한 걷잡을 수 없는 분노와 몸부림 때문이었음을

이제 모두 알게 되었다

46

정말 무섭다!

무지한 격노

우두커니

우두커니
서 있다
생각이 말라버린 텅 빈
가슴처럼

뒤에서 밀면
앞으로 폭 꼬꾸라져 버릴 것 같은
허기만
잔뜩 부풀어 올라

잠을 이루지 못한 노동자들이 새벽시장으로 끌려
나가는 듯, 어두컴컴한 침묵의 세계로 빠져들고 있는

야시장의 검은
속절없는
하루

그리고 또 하루가 가고 있다

떠밀려서 가는 행렬들이
전후좌우 분간 없이 부딪치고 엉클어지는 이 무저갱의
형벌 속에서

그러니깐 가만히 있지를 말고 제 몸을 꼬집듯이
힘차게 당신의 미래를 던져보세요
새들이 훨훨 공중을 헤쳐 날아가듯 둥우리에 갇혀 지낸
쓸개 빠진 감정들을 떨쳐버리고
맨 처음 아우성처럼 우렁차게 소리를 질러
미쳐버릴 것 같은 욕망을 이기적으로 생산해내요

우두커니
서 있는
내가

사리진다 바로 지금, 이 순간!

난장판

아래로 뛰어내렸다 앞에서 누군가가 먼저 뛰어내렸기
때문에
  그래서 나도 함께 뛰어내렸다 수직의 그 벼랑 아래로
  힘차게 몸을 내던지면서 살아 있는 존재의 위엄을 드
러내며
  숨 가쁘게, 끓어오르는 욕망을 밀착시켰다

  나는 지금 저 아래로 환희의 기폭처럼 펄럭이면서
  조금 전 뛰어내린 몸들이 소리치며 환호하는 것에다
발맞추어
  낭떠러지의 비명을 쏟아 내리라 속도는 더욱 가팔라
지고
  맨바닥 위의 성난 물거품들이 눈앞으로 우우우 몰려든
다
  거칠게 뿜어대는 기운을 흡입하며
  이제는 낙하의 시간으로 들어선 것이다

  난장판!

물과 물이 서로 얼싸 껴안고서 소용돌이치면서 이룬
광란의 기둥들이 높이 솟아오르는
이 즐거운 소란의
극치여

격렬비열도

격렬하게 사랑하리
지나간 밤처럼

뜨거운 몸이 되어 너를 덮치리

너는 죽음에서 태어난 퍼덕거리는 생명의
기원, 또는 환희
하늘 향해 떠오르는 새들의 몸짓을 모두 지키리

바다,
저편에서 육지를 향하여 소름 끼치는

애모의 정을 굳건히 지키고 있는
너는

격렬비열도!

순간에서 영원으로, 영원에서 순간으로
오직 당신뿐임을 너는 믿고 있나니

오, 탈진하는
쓰라린 사랑이여

나는 그렇게 살다가

신의 존재는
희미하게도 나를 흔든다
나는 다소 신을 믿기도 하지만
약간 부정도 하면서
나는 찬반 양쪽에다 느슨히 기대고 산다

그이는 신을 향해
거룩하게 경배의 잔을 올린다
그는 신의 말씀 하나하나에 귀를 기울이며
고개를 수그려 찬미한다
그는
신을 잃지 않은 자는 모든 것을 잃지 않는다*는
그 말을 영원히 믿으면서

하지만 신은 과연 어느 편에다
관심을 가질까
그 사람 또는 나?

잘 모르겠지만 신은 아마

나를 더욱 불쌍히 여기시고
한 걸음 더 가까이 다가와 따뜻한 체온을 나눠주실 것
을
조용히
기대하고 있다
나는 찬반 양쪽 가운데에 서서 기웃거리고 있지만
신은 부드러운 손길로 나를 껴안아 주시리라 느끼면서

이렇게
자기만의 뜻으로 신을 믿는 나에게
신은 과연 공정한 판단을 내리시는 것일까
나는 기이하게도 생겨먹은 거짓말쟁이, 새까맣게 부풀
어 오른
비닐봉지, 하늘로 솟아오르는 미친 돌개바람 같은
나에게
신은 참 어리석게도 긍휼을 내리시는 것은 아닐까

이때서야 나는
신에게 조금씩 기대려고 했던 마음이 참으로 만족하게

드러나
 신의 품에 아늑하게 안기려고 했던 나의 기분
 신의 목소리를 그윽이 듣고 싶어 했던
 찬란한 이 황홀
 신의 빛나는 소망을 가슴에 품으려고 했던 나의 원색
적 희망을
 이룬 것처럼 마냥 행복했었는데

 그러나
 그 시간이 지나고 나면 나는 어이없이
 마음이 약해져
 찬반 양쪽에 나란히 퍼질러 앉아
 신을 믿기도 하고 또는 부정하기도 하는
 이중인격자, 하나의 쓰레기, 표리부동의 인간이 되어
 들판을 미친개처럼 으르렁거리면서 달리고 있는
 나, 모순덩어리

 아마
 나는 그렇게 살다가 그렇게 죽어 가리

움직임이 없는 배 위에서
아무 소리도 없이!

* 영국의 격언

일장춘몽—場春夢

물끄러미
내가 그대를 본다

그대는 내 망막 속에 하나의
얼굴
하나의 존재
하나의 기억

그리고 하나의 잊혀진
베일에 휩싸인
크고
희미한
눈동자

나는 추억의 하수인들을 가득히 불러 모아
그 깊고 어두운 터널을 빠져나왔지만

그대는 아직
옛사랑의 긴 잠에서 몽롱하게 빠진 채

유독 과거에만 집착하는
서툰
악몽을 꿈꾸고 있는데

지나간다 지나가면 그뿐……

다시는 돌아오지를 못할
비열한 거리에다 묻혀버릴 것을
나는
이미 알고 있고

물끄러미
그대를 바라본다

말없이
사라지는 그 시절
한 때의,
일장춘몽一場春夢

환락

푸른 욕조에 들어선 그가
따뜻한 물속에 잠겨서 밖으로 나오질
않는다 그의 팔은 부드럽게 펼쳐져 그윽하게
자신의 몸을 애무해주는 신비의
가락 한 줄기 물결
더듬고 더듬어 꽃처럼 피어날
거룩한 환희의
그 첫새벽

육체여
희미해져 가고 있는, 느슨한 정신의
아득함이여

3부

시계추에 기대어

1
시계추가 흔들거린다
시간이 자꾸 가고 있는 것을 보여주려는 듯이
내 앞에서 더욱 뚜렷이 확대되어 내 눈을 불안하게 하
고 있는
저 시계추의 움직임은
오늘은 어제와는 다른, 한 달 전과는 다른, 일 년 전과
는 아주 다른
그 파장을
내 마음속에 불러일으키고 있는 것이다

40년 전쯤 나는
큼직한 모양의 벽걸이용 괘종시계를 하나 샀다
불알처럼 흔들리는 추가 빈틈없이 좌우를 왕복하면서
정교하게 시간을 맞춰주는 그 엄밀함에 취해서
나도 반짝거리는 일상의 중심부에 시계추를 세워 놓고
더 빠르지도 않게, 더 늦어지지도 않게, 섬세하면서도
단순하게
일을 처리해 나가기로 했다

나는 시계추를 믿었다

2
내가 탄 배는 부드럽게 파도를 헤치며 거듭 나아갔다
때로는 뱃전이 좌우로 흔들리기도 했지만 마치 신대륙을 발견하는
탐험가의 정신으로 나는 손으로 바다를 끌어안았다
더 넓은 세계, 그리고 미지의 **황홀한** 세계를 향한 나의 꿈은
이제 내 가슴 속에 우뚝 섰다
회색 늑대의 울음처럼 기나긴 새벽을 깨우는 정신으로
한 걸음 한 걸음 전진하는 나에게
길은 열리고 있었다
나는 전진했다

아니, 그런데 이게 무슨 일인가? 전혀 예기치 못한 사태가 벌어졌다
전후좌우 짙은 농무濃霧들이 가득 피어올라 나의 배는 그만

길을 잃고 말았다 어찌하랴, 나를 실은 검은 배는 시동을 끈 채

어처구니없이 그대로 주저앉았다 그때 본 농무의 춤은 아주 화려했다

선체를 감싸고도는 안개의 움직임은 휘황찬란한 무용수의 옷자락처럼

펄럭거렸다

그러나 나는 정신을 바짝 차리고서 이 안개의 수풀을 헤쳐나가야 한다

농무에게 대들면 되지 않을 것 같아 나는 한참 참고 기다려 준 것이다

하루쯤 지나자 안개는 서서히 걷히고 밝은 태양이 하늘 위로 솟구쳤다

나의 배는 순항을 믿으며, 찬란한 깃발을 펼쳐 들었다

그런데 두 번째 시련이 나를 기다리고 있었다

이번엔 거친 태풍과 한없이 몰아치는 폭우가 배를 바짝 움켜쥐었다

내가 항복하기를 기다리는 적군의 우두머리에게 몇 차

례 구둣발로 짓밟히다가

  결국 무너져 내리는 비극의 쓰디쓴 잔을 들 수밖에 없
었다
  지는 것이 이기는 것이라는 비극과 희극 사이를 몇 번
오가며 얻어낸 결론으로
  거센 파도에게 늙고 힘없는 배를 하염없이 침몰시키기
로 한 것이다
  나는 깊은 지옥의 창자 속으로 빨려 들어갔다

  3
  오늘도 시계추는 흔들거린다
  믿을 수 없는 시계추는 멀리 가 있다 실제 시간보다 훨
씬 멀리 떨어져,
  잠자고 나면 더욱 멀리 달아나는 추의 움직임이 나를
울컥하게 만든다
  오늘은 어제와는 다른, 한 달 전과는 다른, 일 년 전과
는 아주 다른
  추의 재빠른 속성에 정말 미칠 지경이다 나의 하루는

24시간이 아니라 20시간,

　17시간, 14시간으로 계속 줄어들면서 나를 그대로 압박한다

　나는 한심하게 시계추를 믿어 왔기에 그의 변심을 그냥 인정해주기로 했다

　바보처럼, 바보처럼…

　4

　내가 탄 배는 눈에 보이지 않은 해저海底 밑바닥에 가라앉아 있다

　나의 열정이 한창 피어나던 그 시절 중년기에 피땀 흘리던 자국이

　선명히 남아 있는

　오, 나의 슬픈 비망록

퇴폐 속으로

황홀한 퇴폐 속으로 걸어 들어가라
내가 드디어 만나게 될 그 순간
그 자리

거대한 죽음의 성곽이
거기
우뚝 서 있을 것이므로

내가 그렇게도 그리워하던 무욕無慾의
질펀함이여

타올라라 하얀 불꽃 일렁이는 쾌감의
고통
그리고 한숨!

나는 뼈가 되어서 사방으로 흩어지리

사랑의 방식

우리 사이에는
차마 다가갈 수 없는, 그런 구역이
있다
문서로 확인이 불가능한, 문서 이상의
위력을 지니고 있는 타오르는 화염이
오늘도 나를
흔든다, 너를 흔든다, 그리고 소리 소문도 없이

우리 모두를 흔든다

그러니까 내가 너에게
위험한 사랑의 불꽃을 던져 주었던가?
아니면 네가 나에게
아슬아슬한 모험의 위기를 넘겨준 일이 있었던가?

아마 그럴 수 있겠다

나의 서투른 욕심으로
불타오르던 푸른 열정이

거침없이 너를 향해 쏟아지던 때를 나는 알았지만
그걸 참지 못하고 허둥대던 그 순간의
어리석음을

그래도 너는 기품 있게 자신의 경계境界를 지키면서
　순수한 기쁨을 나에게 한껏 들려주었지 더 멀리 가지
못하게
　하면서 더 가까이 오지도 못하게 만드는
　놀라운 신비를 부렸지 참으로 희한하게도 차마 더 닿
을 수 없는…

사랑은 그렇다
　넘칠수록 단단히 붙들어 매는 것을 알게 하고
　흔들릴수록 더욱 가깝게 자신을 견인해야 한다는 사실
을
　늦게나마 알려준 너에게,

오직 고마움을

죽음의 키스

10초간 키스를 한 커플을 대상으로
조사했더니
입 안에 8천만 마리의 세균들이 득실거리며
상호 이동했다고 한다

네덜란드
응용과학연구원이 최근에 발표한 내용이
그러하다

10초간, 너무 짧다, 20초간, 30초간,
그래도 너무 짧다, 1분간, 3분간, 그래도
너무 너무
짧다…

신음하는 육체의 흐느낌을 뜨겁게 껴안으며
오래도록 머물고 싶어 하는
가혹한 본능이 자리 잡고 있는

황홀한 에로스의

슬픈
향연이여

산갈치

세상에서
가장 긴 물고기들이 찬란하게
퍼덕였다
선홍색 번쩍이는 띠를 두르고서
움직일 때는 반듯이 일어서서 나아가는 그 모습이
물속에서 하늘의 계시를 보는 듯
영롱하였다

바다에서 산으로, 또는 산에서 바다로
비행하는 순간이 있었다 그때는
그 몸의 신비의 일체를 온통 드러내는
일대 거사였다
보일 듯, 보이지 않을 듯
경련으로 떨리는 눈부신 비상의 한 장면이었다

나는 지금
산갈치의 꿈을 꾸고 있다
나를 바라보는 이 세상 사람들의 눈이
온통 캄캄하게 어둠 속에 잠겨버리도록, 그리고

거대한 불기둥이 청천벽력처럼 나를 휘몰아치기를
성급히
기대하면서

빈곤의 철학자

멀리 두고 온 것 같다 까마득히 멀리

그래서 나는 생각한다 지구 밖으로 날려 보낸 우주선이
그리움을 이기지 못해 저항의 불꽃을 내던지면서 지구 쪽을
향해 폭발해 버린다는
그 기사를 읽고, 또한

나의 착각이 정말 어리석었다는 결론을 내리기까지의
힘든 고백을 너의 가족에게 전해야 했음에도 그러질 못하고
망설였던 이유는, 그걸 핑계 삼아 해석되기를 바랐던 나의
이 치명적 실수 때문에

그러므로 탄핵 되어야 한다, 탄핵 되어야 한다는 일체의 웅성거림 속에서
나만의 진실을 약하게 더욱 약하게 소리를 죽여
가만히 입술로서 중얼거려보던

힘없는 약자의 발언을 떠올리면서

완강하게 내민 어깨를 어쩌지 못해 부끄럽게 뒤돌아서
던 나의
체질적 모험이여

그리움을 태우면서 하얀 연기가 피어오르는 골짜기에
다
유골함을 묻고 기억이 사라져버린 폐허의 극지를 돌아
다니던
모진 정신의 황당함을 어찌할 것인가, 까마득히 멀리
사라져버린 사막을
더듬어 찾아가는 빈곤의 철학자
오, 나의 운명이여

두 장의 얼굴

장례식장으로 갔다
거기 나의 얼굴이 부조처럼 돋아나 있었다
흰 천을 목에서부터 발바닥까지 덮어쓴 채 드러누운
창백한 얼굴
죽음의 얼굴
그렇지만 몹시 평온하고 차분해 보이는 그의 인상이
나를
안심시켜 주었다

그래서 나는 붉은 장미꽃 한 송이를
그의 마른 가슴 위에다 얹어주면서
잠시
차갑게 묵념을 올렸다
그러니까 이제는 헤어져야 할 시간이야!
마지막으로 그의 얼굴을 향해 한숨처럼 내뱉은
한마디 말이
차마 목에 걸려 입 밖으로 나오질 않았다

그의 얼굴이 완전히 흰 천으로 덮여질

바로
그 순간,
나는 영혼을 하늘 위로 멀리멀리 떠나보내면서
부조처럼 선명하게
굳어져 갔다

관점

한 무리의 스케이트 선수들이 스쳐 지나간다 빠르게,
조금 느리게
  빠른 속도는 쾌속 질주를 향하여 엄숙하게 펼쳐져 있고
  조금 느린 속도는 다소의 희극을 연상하듯 빙판 위를
서성거린다

  나는 초보자의 편에 서서 세상을 노려본다 스케이트를
타는 선수들이
  더욱 속도를 내면서 이웃과의 경쟁에서 차이를 벌리고
있는 지점이 가깝게
  다가오고 있는 것이다 빨리, 더 빨리 적진을 향하여
힘껏 화살을 내던져라

  빠른 스케이트 선수는 차츰 왕성한 기운을 얻은 듯 최
후의 지점을 향하여
  진격하며 끝없이 황홀한 지옥의 향기를 피워 올리는데
  조금 느린 속도는 흥얼거리면서 트랙을 따라서 흘러간
다 빨리, 더 빨리
  적의 등판 위에다 마지막 타격을 입힐 것, 바로 그 순

간이

　다가오고 있다

　나는 지금 초보자의 관심을 훨씬 뛰어넘어 거침없는 욕망을 고스란히

　드러낸다 그러니까 1,500미터 달리는 거리에서 약 50미터 정도를

　남겨두고 있는데, 정말 생각지도 못했던 참혹한 사고가 발생한 것이다

　1위와 2위의 아슬아슬한 곡예가 한순간 엉클어지면서 두 사람의 파국이

　빙판 위를 크게 흔들어 놓았다 그리고 죽음이 가까이 다가와, 머리 위에다

　희디흰 수건을 덮어준 것이다

　보다 느린 속도는 여전히 궤도를 따라 돌면서 천천히, 천천히

　이 세상의 모든 일을 굽어보고 있다

흘러내리는 말들

이런 실수가 있을까?
아무리 짝을 맞춰도 서로가 멀리 떨어져 있어
말과 말 사이가 도무지 수습되질 않는
실수가 아닌 실수를 공연히 해대고 있는
난장판 같은 언어의 싸움을 지켜보면서

그리하여 나는 깁는다, 힘겨운 정신의 노동으로
벌어진 간격을 한 땀 한 땀 줄여보려고
기를 쓴다, 가로와 세로의 이음새가 조금씩
이어지도록 말과 말이 서로 다투지 않고서
긴밀히 조합하도록 정성을 다해서 손을 본다

그래, 그렇지만 이것이
정말 바람직한 일일까? 나는 멀리 떨어져 있는
손과 발의 거리를 가깝게 붙여보려고 애를 쓰면서도
낮과 밤이 전혀 맞지 않게 세력을 뻗쳐나가고 있는 이
난간의
맨 끄트머리에서
흘러가는 말들을 제대로 통제할 수 있을까를 심각하게

고민하다 보면 글쎄 이게 아닌데, 라는 어두운 결말에
이르게 되는데

　이럴 때는 세상에 번쩍,
　거대한 낙뢰 같은 것이 한바탕 떨어져서
　혼돈의 밑바닥까지 그윽이 밝아지기만을 엄숙하게 빌
고 비나니!
　다시 깨어나면 환한 마음자리에서 영롱하게 빛나게 될
　한 줄기 시의 이미지여, 꽃이여, 그리고
　나의 노래여

바다가 있다

섬과 섬 사이에 바다가 있다

육지와 육지 사이에 바다가 있다

섬과 육지 사이에 바다가 있다

바다는

섬과 육지 사이를 모두 관장하는 최초의 집,

그 앞에선 섬과 육지가 꼬리를 바짝 떨어뜨리는

거대한 힘의 기둥이

서 있다

아무도 저항할 수 없는

시퍼렇게 날아가는 파고波高의 전략이 숨겨져 있다

지금은

바다가 평온하게 잠들어 있는, 바로 그 시간

거기 주인처럼

자기 집에 들어와도
자기는 없고
모르는 사람이 거기 주인처럼 앉아 있네

망령인가, 귀신 곡할
헛것인가
눈을 부릅뜨고 둘러봐도 텅 비어 있는
내가 나를 믿을 수 없는

끝없는 부재不在의 완성이여
무너져 내린 내 궁궐의 쓸모없는 잡풀이여
그따위 허구의 말장난이여

오, 나의 병病
그리고 나의 시詩

세월

꽃이 피는가 했더니

꽃이 졌다

그사이에 애매하게

내가 있다

그냥, 그냥

울 것처럼

4부

방생放生

몇 마리 물고기를 돈으로 사서
내 어질게 맑은 강물에 풀어줌은
이 몸 또한 메마르고 숨찬 세상 질곡에서
자유롭게 해방되고 싶어서이다
꿈적거리는 아가미 거품 위에 빛나는
두 개의 슬픈 눈알이여,
너를 물속으로 던지기 전에 나는 중얼거린다
누가 나를 처량한 듯 바라보며 안타까운 마음으로
어느 자유로운 공기 속으로 풀어주기를

밤하늘에 새파란 별이 뜨고 지는데

시냇물에는
무슨 냄새가 있는 것 같다
아니, 아니, 분명히 냄새가 있다
하천에 닿기 전에 졸졸 흘러내리는 시냇물에
독특한 냄새가 들어 있다는 사실은 아득히 먼 상류의
최초의 하얀 포말이 터져 나올 그 순간부터
은밀히 숨겨진 비밀이 되었던 것이다

그리하여 시냇물은 흘러내린다, 고요하게 또는
넘칠 듯이

하천에 흘러든 물은 냄새를 이끌고서 바다로 가고
바다에 흘러든 물은 여지없이 또 다른 바닷물과 더불어
휩쓸리면서

풍랑을 만들어 대양에 도전한다 키가 큰 수부들이 활
개 치는
거대한 신전은 파고를 거듭 이겨내며 나아가는 동안
바닷물 속에 스며든 시냇물은 특이한 냄새를 고스란히

퍼뜨리며

그렇게 전진한다 악마의 손길이 이끄는 대로 흘러가며 부드러운 윤곽을

그려내고 있는, 저 소리 없는 파장을 따라가면

보일까 보이지 않을까 밤하늘에 새파란 별이 뜨고 지는데

일본 북부, 오호츠크해, 알래스카 등지로 흩어진 무리들은

하나의 섬처럼 떠돌면서 차마 잊을 수 없는 최초의 기억을 떠올린다

드디어 알을 품고 몸이 커다랗게 부풀어 오른 이들은

자신을 품어준 모천을 떠올리면서 차가운 기운에 몸을 실어 귀향길에 오르는데

죽으러 가자, 죽으러 가자, 죽으러 가는 길이 곧 사는 것이라고 믿으며

하천 바닥을 파고서 알을 낳고 거기서 거룩하게 목숨을 던지는

성스러운 일에 가담코자 어릴 적부터 맡았던 신비의 냄새를 따라
  멀고 먼 길을 더듬어서 돌아오는데

  아, 찬란하게 죽음을 향해 바쳐질 순교자의 운명이여

  도무지 알 수 없는 시냇물의 정체여

  불가사의한 꿈의 해석이여 그리고 당신과 나는…

두려운 밤

미래의 어느 하늘에는
비행접시처럼 떠오르는 왕성한 포부가 들어 있었고
검은 줄기 뻗어 오르는 원시림의 강건한 팔뚝같이
건드리면 그냥 폭발할 것 같은
치열한 욕망이 숨어 있었다

그때가
정말 좋았던 그런 시절,

우리는 서로 믿고 부추겨주고 움직이면서 서로를 떠받
들었다
우리는 앞으로 전진하고 때로는 파괴하면서 푸른 영역
을 넓혀 나갔다
우리는 선발된 정예부대처럼
위엄 있고 당당하게

그때가
아주 즐거웠던 그런 시절,

이제
비루하고 늙은 방에서는
촛불 하나 끊어질 듯 일렁거린다
미래의 하늘은 이미 지나간 날의 종지부같이
찍혀 있고
죽음만이 유일하게 빛나는 휘장徽章이 되어 있을 뿐

아, 그러다가 돌연
심장의 피처럼 울컥 터져 나오는 직관의 말,
어휘, 순수한 감정, 열망─ 이런 것들 때문에
내가 몸서리칠 때도 더러 있는 것이다

잠 못 이루는 밤
두려운 밤
내가 나를 자꾸 흔들어 깨우는 그런 밤

군무群舞

철새들이 하늘에 흩뿌려지는 저 곡선의 비행을 알기까
지에는
제법 오랜 시간이 걸렸다 그것은 새들이 이미 알고 있
었겠지만
새들의 잔잔한 울음소리가 이리저리 파동을 치면서

함께 날기를 부추기는 신호가 되고, 각자가 서로 떨어
져서
힘찬 군무로 펄럭이는 데에 필요한 거리가 얼마쯤 되
는지를
모든 새들은 알고 있는 것이다, 그러니까

한 무리 철새가 공중으로 솟아오를 때 뒤따라 오르는
철새들이
일제히 같은 방향으로 날아오르고 그 뒤를 따라 예비
하고 있던 철새들이
줄기차게 앞서간 철새들을 따라 힘껏 날아오르는데
군무란 바로 그러한 것, 눈부신 비상을 펼치는 능수능
란한 곡예가

동東에서 서西로 남南에서 북北으로 휘황하게 펼쳐지는
순간들이
　섬세한 화공의 솜씨로서도 차마 그려낼 수가 없어 가
만히 붓을 꺾고
　바라볼 수밖에는

　수천 마리, 수만 마리 철새들이 지금
　저 멀리 하늘 위를 날고 있다
　숨 가쁘게 전진하는 새떼들끼리 엄호하는 방향이 서로
일치함으로서
　뜨거운 숨결이 온통 하늘을 지배하고 있다, 그러니까
맨 처음 군무의
　첫 출발을 알린 한 무리 철새에 대한 호기심을 붉게 물
들이려는 듯
　아득히 저무는 황혼을 껴안고서 비행하는

　저 거대한 군무의 행렬!

보란 듯이

길가의 가로수가
쿵! 하면서 그냥 그대로 쓰러졌다
간밤에 엄청난 폭우가 쏟아질 것이라는 예보가
있었지만
전혀 예상하지 못한 재앙이
바로 눈앞에서 벌어진 것이다
보란 듯이!

가로수는
옆으로 기울어져 있었다
뿌리들을 하얗게 드러내면서
처참하게 능욕당한 채 버려져 있는 여자아이처럼
산발한 잎새들이 부르짖는 공포의 아우성이
패인 바닥에
흥건했다

길가에 모인 사람들은 기가 막히는 듯
쓰러진 가로수를 보며 한참 탄식을 했고
나도 그들처럼 서성거리며 몇 마디 말을 내뱉었지만

그러나 그것이 언젠가는 나에게 불어 닥칠지도 모를
엄청난 비극의 주범이 될 수도 있다는
그런 생각 때문에,
나는 그냥 조용히 있기로 했다

멍청한 채로 서 있는 나에게
진하게 풍겨오는 가로수의 마지막 향기가
감미로웠다, 아니
잔인했다

고맙다

진달래는
삼삼해서 먹는 꽃,
그래서 예쁘게 참꽃이라 불렀다네.
그 옆에 피어 있는 철쭉은
제아무리 피어나도 못 먹는
꽃,
미워서 개꽃이라고 불렀지

개가 이름씨 앞에 붙으면 개떡, 개살구,
개똥, 개꿈, 개맨드라미 같은
좀 상스럽고 천박한 사물을 떠올리게 했다는데
정말 내가 이름씨 앞에 개를 붙여 멸시하고픈
그런 이들이 있기나 한
것일까

이제 나이 팔십 고개인데 참꽃이면 어떻고 또한
개꽃이면 어떠리
내가 먼저 내 자신을 내리쳐서
고요한 평정심을 지키고 있을 터이므로

고맙다 세월아
참 고맙다

하얀 평화

지열地熱이
내 몸을 움켜쥐었다
뜨거운 탕 속으로 어이없이 빠져들었다
그리하여 나는 소리쳤다
제발 살려주세요, 제발 나를…
가슴 위로 끓어오르는 열기가 희미해져 가고 있는
나의 발성을 순간
멈추게 만들었다
지열이 거칠게 온몸을 흔들어대자
광란의 아우성 쪽으로 나는 아득히 멀어져만 갔다
다이너마이트처럼 금방
터질 듯이

그리고 냉정한 침묵이
평화롭게,
나를 일으켜 세웠다

옛날에 금잔디 동산

시인이자 사진작가이기도 한 김수우의 포토 에세이집
〈지붕 밑 푸른 바다〉에서는
옛날 내가 살던 부산 대청동 복병산 7부 능선쯤에 기
대어 살던
낡고 허름한 슬레이트 지붕의 우리 집이
빈약하게 떠오르게 만드는데,

거기서 보면
저 멀리 남쪽 부산항을 드나들던 검고 하얀 상선들과
또는 용두산 지나 자갈치 시장 그 너머로 통통거리면
서 들어오고
나가던 어선들이 눈앞에 보일 듯이 그려지는데

지금은 어떻게 변했을까,
아마 산복도로들이 좌우로 엄청나게 들어서고
고층아파트들이 줄줄이 솟아오르면서 그 옛날 모습은
어디에서도 찾아보기 어려울 것이라는 생각이 얼핏 드
는데

그때는
그래도 참 좋았지,
어릴 적 부푸는 환상 속에서 바라본 우리 집은
넘치는 활력 속에 뛰어놀던 철부지 시절 드높은 왕궁
이었지

길을 가다가 오른쪽 골목에서 왼쪽 골목으로 꺾여
한참 가다가, 다시 오른쪽 골목을 돌아 한 번 더 오른
쪽 골목을
지나가면서 또는 왼쪽 골목,
그래도 우리 집 가는 길이 아직도 한참이나 멀었다는
소식에
산을 따라 오르는 길고 가파른 골목길이
오를수록 장딴지엔 더욱 힘이 바짝 돋아났는데

아, 마침내 우리 동네에 들어서면
신발 끄는 소리처럼 다정한 이웃들의 웃음이 있고
밤에는 도둑이 되어 다른 집 담장을 뛰어넘는 사람도
있고

용감하고 장난기 많은 친구들이 제법 있어서
진정 사랑과 행복이 무엇인가를 깨닫게 해주었는데

나는 〈지붕 밑 푸른 바다〉를 찾기에는 너무나도 먼 거리에 와 있는 것 같다!

지금은 산악처럼 우뚝한 건물들이 무한정 뻗어나가 있고
재빠른 속력의 자동차와 버스들이 씽씽 지나가고
여기 사람들은 지나가면서도 모른 척
뒤를 돌아다보지 않는다

세상처럼 까맣게 인간이 변해버린 것이다, 당신도 나도 그렇게, 그렇게…

입이 없다

하늘에서 떨어지는 돌덩어리들이
머리통이 깨질 듯 쏟아진다

아아, 이건 정말 있을 수 없는
짓궂은 악마의
저질 소행인데

하늘을 보고 울부짖는
사람들의 저 발바닥 근처에 흩어지는
너무나도 크나큰 우박의
돌덩어리여

농부들은 머리통이 완전히 깨어져서
입이 그만 없다

만화방창萬化方暢

목련꽃 하나, 둘,
진다

벚꽃이 내일모레쯤 활짝 피겠다

철쭉이 붉고 흰 봉오리를 곱게 물들이며
여리게 웃는다

미칠 듯한 봄의 기운이 천지간에 가득한데

차마 죽기에는 너무나 아쉬운 이 팔순의 나이여!

늙어서야 철부지 같은 마음

어찌하리

개미에게

옛날에는 개미떼들을 보면 밟아서 그냥
죽여 버렸다
그들은 아무 허락도 없이 내 발등이나
바지 속옷까지 기어 올라와
나를 깜짝 놀라게 만들었다
나는 한 치의 여유도 주지를 않고 새까만 개미떼들을
구둣발로 짓이겨 버림으로써
도도하게 나의 권위를 세워나갔다

그런데 요즘 나는
개미들에게 쫓기듯이 이들을 피해 다닌다
보도블록이나 잔디밭에서 개미떼들은
눈치도 없이 여기저기서 밟힐 듯 쏟아져 나오는데
나는 과거에 지은 밟아 죽인 죄 때문에 속죄하듯
개미떼들이 자유롭게 지나갈 수 있도록
조심스럽게 자리를 비켜주면서
나의 존재를
아예 지워버리려고 하는 것이다

당당했던 젊은 시절,
내 자신을 과장되게 믿었던 거칠었던 호기豪氣여
힘없는 개미들에게는 죽을죄를 지은 듯이
엎드려서 빌고, 또
빈다

국경에 대하여

해방되기 전에는 아마 우리에게
국경이란 것이 없었던 것 같다
우리나라에서 일본으로, 만주로, 중국 본토로, 미국으
로
국경을 넘어선 이들이 꽤 있었다
또는 일본에서, 중국에서, 만주에서 살다가 우리나라
로 넘어온
이들도 상당수였다

그런데 지금은 어떤가?
우리나라에서 일본이나 중국, 인도로 가는 데는 꼭 여
권이란 게 필요하고
미국이나 유럽, 아프리카 여러 나라로 가는 데도 여권
은 필수 지참이다
여권이 없으면 갈 수도 없고, 올 수도 없다
이렇게 세상은 완전히 달라졌다

더구나 남한에서 북한으로, 또는 북한에서 남한으로
오가는 길은

국경의 문제가 아니라 바로 생존의 문제가 달려 있다
남북 간의 길이 깜깜하게 변해 버린 데에는 우리 조상의 잘못이
절대적이지만, 그것을 논하거나 원망하지는 않겠다
그저 무심하게 세월 따라 흘러가는 수밖에는 없으므로

국경!
우리를 키워주고 또는 우리를 가두는
거대한 하늘의 벼락이여

무덤이 그렇게 서 있는 이유

새로
무덤이 하나
차렷 자세처럼 꼿꼿하게 서 있다
누구나 그 앞을 지나가면
가만히 입을 다물어야 한다

귀신이 들어 있을 그 무덤 속엔
떠들면 튀어나올
채찍 같은 차가운 전류가 있다
서러운 곡절의
내막이 있다
죽음을 이고 가던 한 사내의 상처가 있다

그리고 그 무덤 속엔
차마 다물지 못한
첫사랑 고백의 서술이 있다
그가 혀를 깨물어버리고 싶었던
치명적인 사랑이
눈뜨고 있다

나는 무덤을 멀리 두고선
모른 채,
모른 채,
그냥 지나간다

사물과의 친화와 결속을 통한 '사랑'의 시학

— 이수익의 시세계

유 성 호(문학평론가 · 한양대학교 국문과 교수)

1. 이수익 시인의 화려한 등장

1950년대 시가 전후戰後의 상처를 극복하고 새로운 근대적 주체를 설정하는 일을 시급한 과제로 제기하였다면, 1960년대는 시가 지향해야 할 본원적 가치의 정립과 새로운 미학적 차원의 심화라는 과제를 떠안게 되었다. 그만큼 이 시대는 전후로부터 이월된 주체의 상실감을 극복하고 새로운 주체를 구축해야 하는 절박한 상황을 품고 있었다. 또한 1960년대 이후 착근된 자본주의적 삶의 원리에 대한 비판적 탐색과 근대적 주체의 내면 모색이라는 명제 역시 피할 수 없는 과제로 대두하였다. 한국 시는 이 시기에 이르러 현실에 대한 구체적 인식이 비로소 가능해졌고, 또 형식 미학에서도 이전 시기보다

한 걸음 나아간 성취를 이루게 된다. 그만큼 이 시기는 한국 시의 현대성 구축에 결정적인 역할을 했다고 평가받을 만하다.

이러한 분위기를 배경으로 한국 시단은 전대前代에 비해 볼 때 매우 이채로운 활황을 보인다. 그 가장 두드러진 지표가 각종 문예지 혹은 동인지들의 창간 및 지속적 발간이다. 예컨대 『60년대사화집』『현대시』『시단』『신춘시』『돌과 사랑』『신연대』『여류시』 등을 비롯해 『사계』『산문시대』『영도』『시와 시론』『시학』 등의 동인지가 잇따라 발간되었고, 『창작과 비평』『월간문학』『현대시학』『문학과 지성』 등의 문예지들이 우후죽순 격으로 창간되었다. 이처럼 다양해진 매체를 통해 1960년대 시는 독자들과 폭넓게 소통하게 된다. 그리고 또 하나의 외적 지표는 200명 넘는 시인들이 대거 등단함으로써 시단의 세대교체와 창작 주체의 증가를 이루었다는 점이다. 이러한 토대 위에서 전개된 1960년대 시는 4·19혁명의 경험과 그 한계를 두루 반영하면서 서정시 본래의 상상력과 미학을 개척하는 활발한 흐름을 보인다.

이러한 맥락에서 세련된 언어적 형상을 통한 언어 미학의 추구 경향이 나타나게 되는데 가령 김춘수, 전봉건, 김종삼 같은 전대로부터 창작을 꾸준히 이어온 시인들은 물론, 『평균율』의 마종기, 황동규, 김영태, 『현대시』의 김종해, 박의상, 오세영, 오탁번, 이건청, 이수익, 이승훈, 정진규 그리고 정현종, 오규원 등이 이러한 흐름의 주역들이다. 이들은 세련된 현대적 의장에 감각적 가상과 현대인의 실존적 관념을 실어 전후의 시에 새로운 기율과 호흡을 불어넣었다. 특별히 『현대시』 동인의 시사적 위치는 새겨둘 만하다. 이들은 근대화 초기의 배경 속에서 언어에 대한 천착과 개성적 실험으로 시의 방법을 세련되게 심화하였고, 저마다 완성도 높은 시편으로 내면 탐구에 임하였다. 이들에 의해 미학적 자의식의 변화라든가 내면 의식의 탐구가 한국 시에서 본격화되었으며, 세계의 본질에 대한 탐색과 세계 상실의 아우라가 수용되기도 했고, 합리성에 의해 가려져 있던 '또 다른 현실'에 대한 천착이 진행되었다고 할 수 있다. 이수익 시인의 화려한 등장도 이러한 흐름 속에 위치하게 된다.

2. 견고한 지성과 낭만적 황홀의 변증

1960년대의 자장에서 우리는 이수익李秀翼의 등장과 그의 시가 펼쳐간 궤적을 상대적으로 투명하게 들여다볼 수 있을 것이다. 이수익은 1942년 경남 함안에서 출생하여 부산사범학교를 거쳐 1965년 서울대학교 영어교육과를 졸업하고 1968년 부산MBC 프로듀서로 입사하였다. 1969년 첫 시집 『우울한 샹송』을 출간하였고, 이후 계속 방송국에서 일하면서 작품 활동도 왕성하게 병행하였다. 1981년 KBS 라디오 차장, 1990년 KBS 편성운영국

부주간 등을 거쳐 1993년 KBS TV 편성주간, 1996년 KBS 라디오본부 편성주간, 1998년 KBS 라디오2국 국장, 1999년 KBS 라디오센터 제작위원을 역임하였다. 그는 1963년 서울신문 신춘문예에 당선한 이후 동인지 『현대시』에 들어가 본격적 작품 활동을 시작하였다. 시집으로 『우울한 샹송』『야간열차』『슬픔의 핵』『단순한 기쁨』『그리고 너를 위하여』『아득한 봄』『푸른 추억의 빵』『눈부신 마음으로 사랑했던』『꽃나무 아래의 키스』『처음으로 사랑을 들었다』『천년의 강』『침묵의 여울』『조용한 폭발』 등을 펴냈으며, 시선집으로 『우체국에 가면 잃어버린 사랑을 찾을 수 있을까』『불과 얼음의 콘서트』『결빙의 아버지』『그리운 악마』 등을 출간하였다. 그동안 현대문학상, 대한민국문학상, 정지용문학상, 한국시협상, 지훈문학상, 공초문학상, 육사시문학상, 이형기문학상 등을 수상하는 관록을 보여준 현대시사의 대표적 시인이라고 할 수 있을 것이다.

이수익의 등장은 이른바 '신서정'이라는 함의를 충족시키면서 우리 시단에 잔잔한 파문을 몰고 왔다고 할 수 있다. 그는 처음 문단에서 '비애와 우수의 시인'으로 평가되기 시작하였는데, 이후 정교한 미의식을 담은 세련된 언어에 집중하여 인간의 현실적 삶을 그려내는 방법을 발굴하였고, 시와 인간의 고뇌와 번민을 염두에 두면서 작업을 지속하였다. 이미지와 정서와 관념을 정갈한 언어로 묶는 방법론을 통해 그의 시는 낭만주의에서 시작하여 더욱 견고한 지성적 세계로 나아갔다고 할 수 있다. 이후 그는 단정한 시어, 예민한 감각, 투명한 이미지의 결속을 통해 젊은 날에 대한 기억, 일상의 소소한 사물과 생명에 대한 사랑을 줄곧 노래해 왔다. 그의 시에서는 구조적 완결미와 우수 어린 아름다움이 느껴지는데, 이는 이미지즘과 미학주의의 통합을 통해 이루어진 결실일 것이다. 특히 그의 시에서 두드러진 것은 이미지의 선명성과 아름다움이다. 그의 시를 집성集成한 『이수익 시전집』(황금알, 2019)은 이수익 시의 이러한 경개景槪와 실질을 온전히 담고 있어 그의 시를 개관하고 평가하는 데 맞춤한 자료가 되어줄 것이다. 견고한 지성과 낭만적 황홀의 변증을 암시해주는 전집 수록 초기 습작 몇 편을 먼저 읽어보자.

아가야,
새로 이빨이 났네
금환金環의 둥근 고리를 물 수 있게
물고서 엄마 품을 드나들 수 있게

유연한 살점에서 부끄럽게 보인
그것은 눈을 뜨는 생명의 웃음소리
자극하는 애정의 그리운 발화發火

고단했던 잠결의 자락을 떠나

아가야,
너는 요람 속에 안온히 누워
가물대는 손가락을 움직이면서
너는 혼자서도 웃는다, 거울을 보듯

그러나 아가야, 너는 모를 테지
떠나버린 사계四季의 음반 뒤에 남아
납빛 흐려지는 아버지의 우수를,
인간이 악무는 이빨 끝에서
유혈하는 인간의 살의
아픔을,
또한 그렇게 인간은 살아나감을
아마도 너는 모를 테지

아가야,
새로 이빨이 났네
영접迎接하는 생명의 프로필같이
보면 애틋한 네 이빨은
어두워라,
내 가슴에 파고들 때는

—「아가에게」 전문

'아가'라는 소재 자체가 생명의 시작이요 무구無垢의 표
상일 것이다. 새로 이빨이 나서 금환의 둥근 고리를 물
고는 "엄마 품을 드나들" 아가는 이제 막 "눈을 뜨는 생

명의 웃음소리"요 "자극하는 애정의 그리운 발화"를 암시한다. 안온함 속에서 거울을 보듯 혼자 웃는 아가의 모습은 그 자체로 "떠나버린 사계四季의 음반 뒤에 남아/ 납빛 흐려지는 아버지의 우수"나 "인간이 악무는 이빨 끝에서/ 유혈하는 인간의 살의/ 아픔"과는 대척적인 공간에 있다. 그러니 아가는 '모름'의 연속일 수밖에 없을 것이다. 인간이 어떻게 살아나가고 어떻게 어두워지는지 모르는 아가는 그 특유의 순진innocence 속에서 숨을 쉰다. "새로 이빨"이 나듯, "생명의 프로필"처럼, 가슴으로 파고드는 아름다움의 원천으로 존재하는 '아가'는 근원적으로 생명의 황홀과 낭만적 칭송의 기원origin을 형성한다. 이러한 내용을 담은 이 시편은 이수익 초기 명편 가운데 하나이다.

주지하듯 서정시의 발화는 독백적 성격을 띤다. 그것은 시인 스스로의 자기 확인이 일차적 발생 원인이 된다. 시인들은 일차적으로 자신이 살아온 시간을 되새기고 나아가 그 시간에 대해 새롭고도 절실한 의미 부여를 해간다. 자연스럽게 시간이 남긴 무늬는 시인들의 직접적 삶의 형식이 되어주고 서정시의 가장 중요한 내질이된다. 그 점에서 모든 서정시는 일종의 '시간예술'이 아닐 수 없겠는데, 이수익의 「아가에게」는 '아가'라는 표상을 통해 전형적 시간예술로서의 위의威儀를 보여주고 있다 할 것이다. 다음은 어떠한가.

새벽 다섯 시
남대문 시장은 국을 끓인다
그리고 칫솔로 골고루
이를 닦는다
이빨 사이로
햇빛,
찌르르 육감肉感하는 아침의 기운
남대문 시장은 상쾌하다

좀 있다
뜨거운 국물로 데우는 후각,
이제는 잠에서 깨어나 고개 흔드는
아이들을 바라보며
남대문 시장은 방석을 깔고 앉는다

청과도 좋고
양말이나 내복
비누와
학용품,
또 새파랗게 숨이 넘어가는
생선도 좋다

남대문 시장은
넓은 무화과 잎을 뒹굴며
떨어지는 이슬의 예지로 거래하고
늘 분노에 찬

골목에 있다

그리고 분망했던 하루의
저녁,
다시 국을 끓이는 일곱 시경엔
아낙네들이 밀리며 욕설하던 가게에서
긴 이부자리를 편다

몇 번
동전이 떨어지는 쾌감에 웃다가
그림자 같은 제 목소리에 피곤해져
불시,
아득한 수면에 빠져든다
한 마리 거대한 짐승과도 같이

—「남대문 시장」 전문

이번에는 순진무구의 대상에서 훌쩍 떠나 시정市井의 한복판인 '남대문 시장'으로 옮겨왔다. 새벽부터 국을 끓이고 칫솔로 이를 닦는 시간의 틈으로 찾아온 아침 햇살이 "찌르르 육감肉感하는 아침의 기운"을 상쾌하게 건넨다. 거기서 젊은 시인은 "이제는 잠에서 깨어나 고개 흔드는/ 아이들"을 바라보고 있다. 이처럼 시장에서는 세속과 순진, 활력과 온유의 양면성이 선명하게 교차한다. 모두 방석을 깔고 앉은 채 청과며 양말이나 내복, 비누와 학용품, 생선도 다 내다 파는 남대문 시장은 "떨어지는 이슬의 예지"와 "늘 분노에 찬/ 골목"에서 펼쳐진다. 분망한 하루가 지나고 저녁이 되면 그네들은 하루종일 몸에 달라붙은 쾌감과 피곤에 아득한 수면으로 빠져들어 간다. 그러한 과정 자체가 "한 마리 거대한 짐승"이 겪어가는 하루와 같지 않은가. 이처럼 이수익 시인은 '남대문 시장'의 하루를 한 마리 짐승의 예지와 분노, 활력과 피로로 비유해간다. 이미지 구사의 장인匠人으로 그는 이렇게 뚜렷한 예표를 초기시에 남긴 것이다.

우리가 서정시를 쓰고 읽는 것은, 그러한 행위가 공동체나 개인 모두에게 새로운 사유와 감각의 탄력을 부여할 뿐만 아니라, 시인 자신에게도 삶의 위안과 도전을 허락하기 때문일 것이다. 물론 이러한 감각과 사유는 지속성을 가지고 삶을 규율하기보다는 삶의 익숙한 관성에 창조적 균열을 가함으로써 새로운 시각을 마련해주는 데 의미가 있을 것이다. 이수익 시인은 단정하고 아름다운 언어와 필치를 결속함으로써 자연과 인간, 삶과 죽음, 기억과 현재형 등을 넘나들며 우리로 하여금 새로운 인지적, 정서적 충격을 경험하게끔 해준다. 나아가 시인은 활력과 소진의 양면성을 갖춘 기억을 통해 이제 그러한 시간을 되돌릴 수는 없다는 전언을 우리에게 들려준다. 그렇게 그의 기억은 서정시가 쓰이는 중요한 원동력이 되고 그에 따른 그리움은 부재를 통한 현존이라는 상상력을 담아내는 운동이 되어준다. 이처럼 기억의 심층에서 이수익 시인은 우리를 그리움의 지층으로 인

도해간다. 다음 작품도 빼놓을 수 없는 초기작이 아닌가
한다.

> 어두운 데서 아이들을
> 밝은 곳으로 데려와서
> 눕히게,
> 아픈 상을 하면서도 입 밖에
> 아프다 하지 않는 이 아이들을
> 서늘한 등나무 의자 위에다 눕히게,
>
> 가장 지극한 평화와 안녕 속에서도
> 우리의 손은
> 떨리는 것이니
> 라일락꽃의 요동을 보아 알겠네
>
> 너무나 많은 설움이 한꺼번에
> 풀려와 아이들의 떨리는 손을
> 쥐어주게,
> 생환해 온 이 봄의 감격을 울어버리지 않게
> 꼬옥
> 쥐어주게,

—「봄날의 비감悲感」 전문

여기서도 아이들이 출현한다. 아이들을 어두운 데서
밝은 곳으로 데려와 눕히듯이, 아이들을 서늘한 등나무

의자 위에다 눕히듯이, "가장 지극한 평화와 안녕"은 그렇게 온다. 그때 우리의 손이 느끼는 떨림과 라일락꽃의 요동은 그러한 아름다운 평화에 대한 자연스러운 상응相應 과정일 것이다. 그때 아이들의 떨리는 손도 우리에게 찾아온 설움과 감격을 한꺼번에 건넬 것이다. 그렇게 꼬옥 쥔 아이들의 손은 "봄날의 비감"처럼 다가오면서 불현듯 아름다운 봄날로 다가올 것 같은 예감을 동시에 건넨다.

이처럼 초기 이수익 시인은 시 한 편 한 편에 자신의 순결하고도 생성적인 이미지의 무게와 정서의 실감을 담아냈다. 이후 그의 시가 삶의 역동성을 이야기할 때도 매우 구체적인 경험을 담고 있고, 상처나 통증을 노래할 때도 선명한 삶의 생성적 흐름을 녹여낼 것을 예감케 해주기에 족한 성과라고 생각된다. 그 점에서 그는 개별성과 보편성을 결합함으로써 우리로 하여금 서정시가 개인 경험의 산물이자 보편적 삶의 이법을 노래하는 양식임을 깨닫게 해준다. 지나온 시간에 대한 틈에서 시작하여 보편적 삶의 이법에 가닿는 그의 시적 상상력은, 그 점에서 가장 아름다운 기억을 통해 그것들을 형상적으로 하나 하나 복원해가는 과정에 의해 완결된다. 그러한 초기 습작들을 딛고 다음의 초기 대표작이 탄생하게 되는 것이다.

우체국에 가면
잃어버린 사랑을 찾을 수 있을까.
그곳에서 발견한 내 사랑의
풀잎 되어 젖어 있는
비애悲哀를
지금은 혼미하여 내가 찾는다면
사랑은 또 처음의 의상衣裳으로
돌아올까

우체국에 오는 사람들은
가슴에 꽃을 달고 오는데
그 꽃들은 바람에
얼굴이 터져 웃고 있는데
어쩌면 나도 웃고 싶은 것일까.

얼굴을 다치면서라도 소리내어
나도 웃고 싶은 것일까.

사람들은 그리움을 가득 담은 편지 위에
애정愛情의 핀을 꽂고 돌아들 간다.
그 때 그들 머리 위에서는
꽃불처럼 밝은 빛이 잠시
어리는데
그것은 저려오는 내 발등 위에
행복에 찬 글씨를 써서 보이는데
나는 자꾸만 어두워져서

읽질 못하고

우체국에 가면
잃어버린 사랑을 찾을 수 있을까.
그곳에서 발견한 내 사랑의
기진한 발걸음이 다시
도어를 노크
하면,
그 때 나는 어떤 미소를 띠어
돌아온 사랑을 맞이할까.

        —「우울한 샹송」 전문(『우울한 샹송』, 1969)

이 작품은 첫 시집 『우울한 샹송』의 표제작이 되었다. 왜 '샹송'일까? 아마도 저 1960년대 서구 문화가 밀려오면서 샹송은 가장 우울하고도 아름다운 매혹을 주는 음악 양식으로 그에게 다가왔기 때문일 것이다. 젊은 시인은 사랑의 상실과 그로 인한 비애의 조건에서 시를 시작한다. 우체국에 가서 그 잃어버린 사랑을 찾을까, 그 비애 어린 사랑은 과연 잃어버리기 전의 의상으로 돌아올 수 있을까 하고 시인은 묻는다. 우체국에 오는 사람들의 표정과 자신이 그것이 다름을 느낀 시인은 그네들처럼 자신도 웃고 싶은 순간을 가진다. 사랑과 그리움을 가득 담은 편지를 보내는 그네들의 순간에서 "꽃불처럼 밝은 빛"을 발견한다. 그들이 전해준 "행복에 찬 글씨"를 자꾸만 어두워져 읽지 못하는 시인의 마음은 더욱 우울해진다. 사랑의 기진한 발걸음을 만나 미소를 띠고 돌아온 사랑을 맞이할 자신을 상상하면서 말이다. 이렇게 '우울한 샹송'은 잃어버린 사랑에 대한 애가哀歌이자 사랑을 향한 항구적 갈구를 포함한 송가頌歌이기도 할 것이다.

일찍이 카시러E. Cassirer가 인간은 언어가 형성해주는 현실만 알 수 있을 뿐이라고 말했을 때, 우리는 언어를 통하지 않고는 어떤 의식도 형성될 수 없음을, 어떤 사물이나 관념도 언어를 통하지 않고는 의식 속에 존재할 수 없음을 알게 된다. 여기서 우리는 언어가 사물의 질서를 의식 안에 구성하는 불가결한 매재媒材이고, 시인은 언어를 통해 사물의 질서와 근원적 실재에 가닿으려는 의식을 지닌 존재임을 알게 된다. 이수익 시인의 언어는 사물이라는 거대한 랑그langue에서 고유의 질감과 소리를 추출함으로써 개성적 음역音域을 구축한 이의 파롤parole이라고 말할 수 있다. 그것이 시인의 남다른 감각과 결합하여 사물을 구성하는 편재的遍在的 원리로 나타난 것이다. 이처럼 초기 이수익 시인이 발화한 음역音域은 견고한 지성과 낭만적 황홀의 변증을 통해 나타난 것이었다. 오랜 기억 속에서 움직이는 시간에 대한 그만의 고고학적 감각이 그러한 성취를 가능케 하였을 것이다.

3. 사랑의 탐색을 통한 근원으로의 도약

두루 알려져 있듯이, 서정시는 언어 자체에 대한 탐색을 현저하게 수행하는 예술이다. 그 점에서 서정시를 일러 가장 메타적인 '언어 예술'이라고 규정할 수 있을 것이다. 다시 말하면 서정시는 '언어'를 일차적 도구로 삼고 있지만, 언어 자체를 탐구하고 사유하는 재귀적 속성을 남달리 구비하고 있기도 하다. 여기서 '시인'이란, 언어 자체에 대한 탐구에 남다른 공을 들이는 존재로 규율된다. 특별히 이수익의 초기시는 이러한 '언어'의 궁극적 속성을 경험적으로 귀납하면서, 우리 주위에서 간단없이 소멸해가는 존재자들을 증언하고 그들을 정성스레 붙잡으려는 안간힘을 줄곧 보여준 세계라 할 수 있을 것이다. 「우울한 샹송」은 그 첨예한 실례가 되고도 남음이 있다. 이제 더 광활한 서정의 세계로 나온 이수익 시인의 또 다른 대표작을 읽어보도록 하자.

어머니,
제 예닐곱 살 적 겨울은
목조 적산 가옥 이 층 다다미방의
벌거숭이 유리창이 깨질 듯 울어 대던 외풍 탓으로
한없이 추웠지요, 밤마다 나는 벌벌 떨면서
아버지 가랑이 사이로 시린 발을 밀어 넣고
그 가슴팍에 벌레처럼 파고들어 얼굴을 묻은 채
겨울잠이 들곤 했었지요.

요즈음도 추운 밤이면
곁에서 잠든 아이들 이불깃을 덮어 주며
늘 그런 추억으로 마음이 아프고,
나를 품어 주던 그 가슴이 이제는 한 줌 뼛가루로 삭아
붉은 흙에 자취 없이 뒤섞여 있음을 생각하면
옛날처럼 나는 다시 아버지 곁에 눕고 싶습니다.

그런데 어머님,
오늘은 영하의 한강교를 지나면서 문득
나를 품에 안고 추위를 막아 주던
예닐곱 살 적 그 겨울밤의 아버지가
이승의 물로 화신해 있음을 보았습니다.
품 안에 부드럽고 여린 물살을 무사히 흘러
바다로 가라고
꽝 꽝 얼어붙은 잔등으로 혹한을 막으며
하얗게 얼음으로 엎드려 있던 아버지,
아버지, 아버지……
　　　　　—「결빙의 아버지」 전문(『슬픔의 핵』, 1983)

　'어머니'를 청자로 하여 아버지의 생애를 재현한 아름
다운 작품이다. 시인이 어릴 적 겨울은 추웠다. "목조 적
산 가옥 이 층 다다미방의/ 벌거숭이 유리창"을 깨뜨릴
듯 거세게 불어닥친 외풍 탓이다. 밤마다 어린 '나'는 아
버지 가랑이 사이로 시린 발을 밀어 넣었다. 아버지 가

슴에 파고들어 얼굴을 묻은 채 잠이 들었다. 이제는 자신이 아버지가 되어 추운 밤이면 잠든 아이들의 이불깃을 덮어 주며 그런 추억으로 마음이 아프다. 자신을 품어 주던 아버지의 가슴이 그리운 것이다. 옛날처럼 다시 아버지 곁에 눕고 싶지만, 그저 시인은 "영하의 한강교를 지나면서 문득/ 나를 품에 안고 추위를 막아 주던/ 예닐곱 살 적 그 겨울밤의 아버지"를 회상해볼 뿐이다. 이승의 물로 화신해 돌아오신 아버지, 부드럽고 여린 물살더러 무사히 흘러 바다로 가라고 스스로 얼어붙은 잔등으로 혹한을 막으며 계신 아버지를 새삼 바라보는 것이다. 그렇게 하얗게 얼음으로 엎드린 "결빙의 아버지"는 그의 존재론적 기원으로 우뚝하기만 하다.

이처럼 이수익 시의 목소리 가운데 하나는 존재론적 기원에 대한 가없는 추구와 재현 과정에 놓인다. 이때 '기원'이란 지나온 시간을 직접적으로 거슬러 오를 수 있는 원초적 대상이 아니겠는가. 여기서 시간을 역류해 오르는 것은, 단순하게 과거를 복제하는 것이 아니라, 지나온 시간을 원초적 경험의 형식으로 생성하면서 그것을 현재형의 삶과 연루시키는 행위를 말한다. 시인은 그러한 능동적이고 현재적인 기억을 통해 자신의 존재론적 기원으로서의 아버지를 노래해간다. 이러한 목소리를 통해 현실에서는 불가능한 상상적 존재 전환을 꾀해가는 것이다. 물론 그의 사유와 감각이 비현실적 몽상으로 이루어져 있는 것은 결코 아니다. 오히려 시인은 현실을 순간적으로 넘어서면서 전혀 다른 상상적 거소居所를 만들어내고, 궁극적으로는 지상에서 살아가는 이들의 불가피한 존재 방식을 긍정해가는 쪽으로 귀일해가고 있다. 이러한 따뜻한 마음과 정갈한 시선은 세상살이의 고단함에도 불구하고, 시인으로 하여금 아름다움에 대한 쓸쓸한 집념과 지속적 갈망을 가지게끔 해주는 것이다.

      …… 보고 있다.

      모두들 입을 다물고
      정물처럼, 정물의 그림자처럼
      제자리에서 다소곳이
      정면을 향하여 응시하는 우리.

      그렇게 숨을 멈추고, 가슴 엑스레이를 찍는
      순간처럼
      몇 걸음 앞 카메라의 눈을 향하여
      사진사의 조심스러운 지시에 따라
      한 장의 커트 속에 꼼짝없이 갇혀 있다가

      찰칵!
      울린 셔터의 짧은 기계음과 함께
      과거 속에 아름답게 박제되는 우리.
                         —「기념사진」(『현대시』 2001. 5)

이수익 시인의 명료한 비유 형식, 곧 삶의 시간과 '사진'이라는 구체적 매재媒材를 등가화시키는 형식은, 그가 오랫동안 시적 기율로 삼아온 은유적 상상력의 결실이라고 할 수 있다. 원래 '사진'이란 한때의 시간을 가둬놓아 반半영구화하려는 인위적 '박제'가 아닐 것인가. 특히 어떤 기념일을 오래도록 간직하기 위해 찍는 '기념사진'의 경우, 흐르는 시간을 붙들어두고 싶은 불가능한 열망은 더 증폭되기 마련이다. "……"으로 시작되는 첫 부분은 아마도 사진을 찍기 위해 호흡을 가다듬는 시간을 가시적으로 보여주기 위한 장치일 것이다. 사람들은 사진사 아니 정확하게 말하면 카메라 플래시가 터지는 찰나를 그렇게 기다리며 보고 있다. "모두들 입을 다물고/ 정물처럼, 정물의 그림자처럼/ 제자리에서 다소곳이" 서서 말이다. 그런데 일정한 시간이 흐르고 나면 거기 그렇게 서 있던 이들도 모두 낡고 사라질 것 아닌가. 그렇기 때문에 "그렇게 숨을 멈추고, 가슴 엑스레이를 찍는/ 순간처럼" 경건하게 서 있는 사람들은, "한 장의 커트 속에 꼼짝없이" 갇힌 유한자有限者들이 되고 만다. 그래서 "찰칵!/ 울린 셔터의 짧은 기계음과 함께/ 과거 속에 아름답게 박제"되고 있는 것은 사람들의 모습일 뿐만 아니라 '시간' 자체가 되기도 한다. 여기서 '박제'란, 살아 있을 당시의 모양 그대로 재현한 표본이라는 사전적 의미를 넘어, 흐르는 '시간'을 흐르지 않게 해보려는 실현 불가능한 인위적 노력에 대한 안쓰러움과 애틋함을 동시에 표상하는 이미지로 쓰이고 있다. 한시적 존재를 오래도록 살아 있는 탈脫시간적 존재로 만들어보려는 형식인 '사진'이 결국 훗날 낡은 유적遺跡이 될 수밖에 없는 운명을 간파한 시인의 예리한 눈이, 기쁘기 짝이 없는 '기념일'을 이처럼 쓸쓸한 풍경으로 상상하고 있는 것이다.

대형 빌딩 입구 회전문 속으로
사람들이 팔랑팔랑 접혀 들어간다
문은 수납기처럼 쉽게
후루룩 사람들을 삼켜버리고
들어간 사람들은 향유고래의 입안으로 빨려 들어간
물고기 떼처럼 금방 잊혀진다
금방 잊혀지는 것이 그들의 존재라면
언젠가는 도로 토해지는 것은 그들의 운명,
그들은 잘 삭은 음식 찌꺼기 같은 풀린 표정으로
별빛이 돋아나는 시간이나, 또는 그 이전이라도 회전문
바깥으로
밀려난다
그렇다니까, 그것은 향유고래의 의지 때문이 아니라
빨려 들어간 물고기 떼의 선택 때문이지
오로지 그들 탓이라니까
그러나 대형 빌딩은 이런 무거운 생각과는 멀리 떨어져
하루종일 팔랑팔랑 회전문을 돌리면서
미끄러운 시간 위에서 유쾌하게 저의 포식을 노래한다
룰루랄라 룰루랄라 룰룰루……

지금은 회전문의 움직임이 완고하게 멈춘
시간, 대형 빌딩은 수직의 화강암 비석처럼 깜깜하게
하늘에 떠 있다
낮에 삼켰던 사람들의 머리에서 쏟아져 나온 생각과
말들, 일거수일투족의 그림자, 그들의 홍채와 지문까지
다시 기억을 재생하고 판독하고 복사하고 지우면서
대형 빌딩은 눈을 감고도 잠들지 않는다
회전문은 묶여 있어도, 그렇다고 쉬는 것도 아니다
　　　　　　　—「회전문」 전문(『꽃나무 아래의 키스』, 2007)

　'회전문'이란 도심의 대형 빌딩 입구에 장착된 현대문명의 도구일 테지만, 시인의 시선에는 돌고 도는 인생론적 은유로 맞춤하게 다가온다. 회전문 속으로 사람들이 접혀 들어갈 때, 문은 수납기처럼 사람들을 삼키는 듯 보인다. 그렇게 향유고래 입안으로 빨려 들어간 물고기 떼처럼 사람들은 어느 순간 바로 잊힌다. 금방 잊히는 것이 그들의 존재론인 셈이다. 물론 그들은, 저 구약성서의 요나처럼, 고래 뱃속에서 도로 토해지는 운명을 가졌을 것이다. 별빛이 돋아나는 시간이나 또는 그 이전이라도 회전문 바깥으로 밀려날 것이다. 그러나 대형 빌딩은 하루종일 회전문을 돌리면서 미끄러운 시간 위로 유쾌하게 포식을 노래할 뿐이다. 회전문이 멈추는 시간이 되면 빌딩은 수직의 화강암 비석처럼 하늘에 떠서 낮에 삼켰던 이들을 재생하고 판독하고 복사하고 지우게 될 것이다. 그러니 회전문은 현대문명처럼 쉬지도 잠들지도 않는다. 이렇게 이수익 시인은 다양한 이미지군群으로 선연하고도 절절한 기억 속에서 발원하는 세계에 대한 비판적 전언을 구축해간다. 이는 그가 오랫동안 시를 통해 자신의 고유한 존재론을 회억回憶하고 구성해왔다는 것을 알려준다. 원래 기억이란 자신의 경험에 대한 희미하지만 아릿한 잔상에 의해 형성되고 보존되는 것이 아니겠는가. 그래서 사람들은 자신의 기억을 통해 그 흔적을 안아 들이게 되고, 자신의 몸 안에 의식의 심층을 형성하면서 끊임없이 그 흔적을 삶의 준거로 삼게 되는 것이다. 이수익 시인의 시법詩法은 이러한 과정을 천천히 밟아가는 일관성을 견고하고 풍요롭게 보여준다.

> 붉은 말이 달리고 있다
> 붉은 그 피가 뛰고 있다
> 붉은 혓바닥이 한없이 펄럭이고 있다
> 좀처럼 멈출 것 같지 않은 그 말의 재빠른
> 건각健脚이, 죽음을 훨씬 벗어나 성큼성큼 물어뜯는
> 부푼 말의 기운이, 결코 화해할 수 없는 그 말의
> 시퍼런 절망이
> 앞을 건너뛰며 던지는 나의 질문에
> 답할 수 있을까, 없을까를 알아보기도 하는 것이지만

참으로 붉은 말이 달리고 있다는 것
　　붉은 그 피가 뛰고 있다는 것
　　붉은 혓바닥이 한없이 펄럭이고 있다는 것이
　　너무나도 울부짖는, 자유 같아서!
　　　　ー「붉은 말」 전문(『처음으로 사랑을 들었다』, 2010)

　이번에는 '붉은 말'을 통해 세상살이의 한 단면을 부조浮彫하고 있다. 가령 시인은 힘차게 '붉은 피'와 '붉은 혓바닥'을 가진 채 달려가는 "붉은 말"을 통해 "죽음을 훨씬 벗어나 성큼성큼 물어뜯는" 기운을 느낀다. 결코 화해할 수 없는 말의 절망이야말로 모든 질문의 과정을 초월하는 "너무나도 울부짖는, 자유"로 다가온다. 그 실존적 자유의 갈기와 피를 가진 붉은 말은 어쩌면 '시인 이수익'의 초상을 은유하는 형상일지도 모른다. 그렇게 시인은 구체적 감관感官과 객관적 세계를 매개하는 힘찬 언어와 가혹한 시간의 흐름에 놓인 사물을 결합하여 시를 써간다. 결국 이수익의 시는 그 어떤 예술보다도 시간과 친연성을 가지면서 언어를 통한 시간 경험을 우리에게 한껏 선사해준다. 서정시야말로 시간을 가장 커다란 방법적 기제로 삼는 문학 양식임을 알려주는 것이다. 이는 그의 시가 시간이라는 물리적 실재에 대해 관심을 둔다는 뜻이기도 하지만, 시간의 흐름에 놓인 사물과 그에 대한 시인 자신의 반응을 집중 표상하고 있음을 함의하기도 한다. 그렇게 그의 시는, 서정시가 가지는 시간에 대한 반응과 기억의 속성을 잘 보여주는 투명하고도 아름다운 실례이다. 그 시간의 흐름을 따라 스스로에 대한 사랑의 시간이 다시 밀려들고 있다. 시인은 예민한 감각을 통해 의식의 심층을 형성하고 그 기억에 의존하여 삶의 희망에 가닿는 감각적 시선을 견지함으로써 우리에게 '붉은 말' 같은 원초적 이미지를 선사한 것이다. 이제 그러한 삶의 원초성은 '사랑'의 에너지로 수렴되어간다.

한 여성은
드디어 고막이 터져버렸다네, 깊고 캄캄하게,
너그러운 휴식을 맞이했다네, 아무렇게나 들을 수 없는
편안함이 그의 몸속으로 흘러들면서, 오래 오래,

처음으로 그는 세상의 소리를 들을 수
있었다네, 처음으로 그 세상의 남자가
여자를 만나서 온몸과 마음을 울리며 하던 말,
참으로 눈부신 열애의 고통을 떨어뜨리며
울부짖던 말, 한없이 숨가쁜 사랑의 묘약이
백 년이고 이백 년, 삼백 년을 거듭 견디며 내뱉던 말,
황홀한 눈물 없이는 차마 못 들을 그런 말, 말, 말,

강렬한 입맞춤은 귀의 내이 사이에서 공기압력에
불균형을 가져와 고막이 터져버린다는 것인데,
그런 '푹' 하는 소리와 함께 세상의 모든 소리들은
꺼지고 사라지고 말아, 그럼으로써 한 여성은 참으로

세상에서 들을 수 없는 소리를 들을 수 있게 되었다네.

오래 오래 무너져 내려야 할
거대한
사랑의 지옥 같은 것!
　　　—「처음으로 사랑을 들었다」 전문(『처음으로 사랑을
　　　　　　　　　　　　　　　　　들었다』, 2010)

　이 아름다운 작품은 사랑의 아름다움과 불가피하게 찾
아오는 사랑의 아이러니를 동시에 담고 있다. 한 여성이
처음으로 들은 '사랑'은 한편으로 "드디어 고막이 터져"
버리는 캄캄하고 너그러운 휴식을 거느리고 있고, 한편
으로 "참으로 눈부신 열애의 고통"과 "한없이 숨가쁜 사
랑의 묘약"을 품고 있다. 황홀한 눈물 없이는 차마 못 들
을 기운을 머금은 "그런 말, 말, 말"은 세상의 모든 소리
들을 꺼뜨린다. 그러니 그녀가 들은 것은 "참으로/ 세상
에서 들을 수 없는 소리"였던 셈이다. 어쩌면 그것은 "오
래 오래 무너져 내려야 할/ 거대한/ 사랑의 지옥 같은
것!"이었을지도 모른다. 그렇게 처음으로 사랑을 들었다
는 것은 사랑의 양면성이라고 부를 아이러니를 경험하
였다는 뜻을 담고 있다. 이처럼 이수익의 시는 시인의
각별한 상상력을 통해 일상에 존재하는 아이러니를 포
착하고 새로운 의미 가능성을 꿈꾸는 언어 양식으로 거
듭난다. 때로 그는 사물이 일으키는 작은 움직임을 묘사

함으로써 생성의 활력뿐만 아니라 소멸의 질서까지 노래하고, 세상 표면을 뚫고 이면으로 들어가 사물의 미시적인 움직임을 노래한다. 기억의 심층에서 만나는 사랑의 존재론을 완미하게 보여주면서, 시인 자신의 언어에서 발견하는 경이로운 모습을 우리에게 전해준다. 한발 더 나아가 그의 시는 지상의 원리를 넘어, 어떤 상징적 차원을 상상해간다. 세속성과 신성함을 결속하면서 단순한 서정에 머무르지 않고 우리에게 '새로운 시간'을 궁구하게 하는 원질原質을 제공하고 있는 것이다.

> 나무는
> 뿌리가 땅속으로 어느 정도
> 박혀 있음으로써
> 그것이 처음, 세상을 향하여 발길질해 나올 때처럼
> 푸릇푸릇 꿈을 먹은 듯하지만
>
> 글쎄, 그 나무가 자라는 것을 보면
> 높이높이 떠오를수록 나무는 점차 뿌리가 작아져서
> 사람들은
> 줄기와 잎사귀, 꽃잎에게서 활짝 발화하는 흥망성쇠의
> 눈부신 주류와 개별적인 빈부를 한창 그려 낼 뿐
>
> 혹은 구름, 바람, 빗줄기들이 던져 줄 터무니없는
> 시중 루머나 스캔들에 온몸 달아올라
> 사람들은 그런 일로만 나무를 늘 기억할 뿐

그리하여 한 번 다시, 나무를 죽여 버리기 위해 나선다
는 것을

  나는 생각하네, 저 뿌리의 힘으로 말해야 할 것들
  거친 숲에 휘감겨서 우중충하게 말 못하는 것들
  여전히 살아 있듯
  뿌리가 없으면 세상에 더 일어설 수도 없다는 것을
  한 번 더 보여주자는 듯

  나는 나무를 글썽이며, 이야기하네
    ─「나무에게 말 걸기」 전문(『처음으로 사랑을 들었다』,
                                      2010)

  이수익의 시가 얼마나 넓은 편폭을 가지고 전개되는지
에 대한 놀라운 예증이 될 이 시편은 나무를 인격화하여
사랑의 언어를 건네는 담화 구조로 되어 있다. 땅속으로
박힌 나무의 뿌리는 언뜻 보면 처음 세상을 향하여 발길
질해 나올 때처럼 보이지만, 나무는 높이 떠오를수록 점
차 뿌리가 작아질 뿐이다. 그때 사람들은 나무의 흥망성
쇠를 기억하고 "눈부신 주류와 개별적인 빈부"를 한창
그려낸다. 이제 나무는 "뿌리의 힘으로 말해야 할 것들"
을 통해 "거친 숲에 휘감겨서 우중충하게 말 못하는 것
들"을 뚫어 올리고, 끝내는 "뿌리가 없으면 세상에 더 일
어설 수도 없다는 것"을 스스로 증언한다. 그렇게 "나무
를 글썽이며, 이야기"하는 시인의 모습은 거룩하고 순수

한 관계론적 자아로 거듭나고 있다.

결국 이수익의 시는 상상적 충일과 결여의 과정을 통해, 어둠이 깊을수록 그 어둠을 밝히고 살아가는 불빛의 파동을 그려간다는 바슐라르G. Bachelard의 상상력을 감각적으로 구현해간다. 그 점에서 시인의 결핍은 생명의 전前 단계이고, 격렬한 사랑을 통과하고 나서의 생명으로의 도약을 예감하게 해준다. 사물과 현상을 강렬하게 잡아채는 첨예한 사유와 감각의 흐름이 바로 여기에 있다. 이렇듯 이수익 시인은 사물과 현상의 역동적 이미지들을 섬세하게 포착하여 그것을 선명한 물질적 언어로 바꾸어가는 역량을 지속적으로 보여준다. 그 안에는 아득한 심연에서 전해져오는 미학적 파동이 있는데 시인은 그것을 아득하고 아름답게 채록해간다. 이러한 표지標識를 그는 '나무'라는 자연 사물로 기록해간 것이다. 이렇게 이수익 시인은 한편으로는 지상의 실재들이 사라져가는 소실점을 천착하면서, 한편으로는 삶의 심층에서 글썽이는 시선에 접근해간다. 사랑의 탐색을 통한 근원으로의 도약 과정을 심미적으로 보여준 것이다. 이러한 이수익의 시에 관한 연구성과는 그다지 많지 않았는데, 엄경희의 「세속의 비대함을 걸러낸 '가벼움'의 철학 — 이수익 시인의 '표정'과 '목소리'」는 예외적인 성취에 속한다. 이 글에서는 "가벼움의 철학은 '슬픔'과 더불어 이수익 시인의 시세계 전반에 걸쳐 포진된 인생관 가운데 하나"라는 해석을 수행했는데 이수익 시가 가진 가벼

움과 슬픔의 앙상블을 탐구한 온당한 비평적 성과라고
생각된다.

　루시앙 골드만L. Goldmann은 사라져가는 이상과 도덕
적으로 무가치한 경험 세계 사이에 갇힌 존재를 '비극적
인간'이라고 규정한 바 있다. 그 점에서 시인 혹은 예술
가들이야말로 이러한 '비극적 인간'의 표상을 적극 몸 안
에 품고 있는 존재자라고 할 수 있을 것이다. 특별히 시
인은 비루한 존재자들에 대한 우호적 접근과 스스로의
존재론적 원적을 향한 상상을 통해 '비극적 인간'의 드문
개성을 가진 존재이다. 현실과 상상을 결속하는 감각,
육체의 물질성을 비극성으로 전환해내는 필치, 모르는
사이의 생태학을 응시하고 증언하는 목소리는 이수익
시인의 그러한 성숙도와 견고함을 동시에 알려주고 있
는 지표인 셈이다.

　이수익 시인은 크고 단단한 것들이 구성해온 폭력성의
세계에 항의하면서 작고 날카로운 것들이 구성해가는
주변성을 발견해간다. 그러한 주변성은 전혀 다른 순간
의 관찰과 표현을 통해 가파른 경험들을 재현하게끔 하
는 미학적 형질이 되어준다. 여기서 '시인'이란, 언어 자
체에 대한 탐구에 남다른 공을 들이는 존재로 규율된다.
특별히 이수익 시는 이러한 언어의 궁극적 속성을 경험
적으로 귀납하면서 우리 주위에서 간단없이 소멸해가는
존재자들을 증언하고 그들을 정성스레 붙잡으려는 안간
힘을 보여준다. 그만큼 그에게 서정시란 여러 존재자들

의 삶과 시간을 사유하고 결속시킨 언어예술이 되어준 것이다. 그 안에는 사랑의 탐색을 통한 근원으로의 도약 과정이 선명하게 펼쳐져 있다 할 것이다.

4. 심미적 열정과 첨예한 미의식의 진경進境

1960년대에 이루어진 이수익의 참신한 등장과 맹활약 은 이러한 문맥에서 배태되고 전개된 한국 시사의 한 축 복의 장면이다. 그의 시에 나타난 속성 가운데 삶의 구 체적 실감을 통해 존재자들의 다양한 컨텍스트를 구성 하는 것도 빼놓아서는 안 될 것이다. 초월의 원심과 현 실의 구심을 높은 긴장에서 통합하는 과정을 통해 시인 은 폭력적 일회성과 불가역성을 본질로 하는 시간에 저 항하면서 낭만적 꿈과 그것을 떠받치는 사랑의 마음을 토로해간다. 이는 타자를 향한 공력과 흐릿한 연대가 미 덕임을 알려주는 뚜렷한 실례들일 것이다.

레비나스E. Levinas의 전언처럼, 인간은 타자와의 관계 속에 형성되어간다. 그리고 타자의 얼굴을 마주한 상황 에서 현재와 미래의 현존은 실현되어간다. 이수익의 시 는 타자와의 관계 속에서 형성되고 펼쳐지는 관계론적 언어를 열망한다. 그러한 열망이 구현되는 공간은 역설 적으로 오래고도 외진 곳인데 이런 곳이야말로 시를 은 유하는 온전한 상관물이라고 할 수 있을 것이다. 그의 시는 현실이나 꿈 어느 한쪽으로 치우치지 않고 그 긴장과 통합 과정을 중시하기 때문이다. 그래서 이수익의 시는 현실을 암유적으로 드러내면서도 그것을 비껴가는 꿈의 세계를 마련하여 현실과 꿈의 접점을 끝없이 언표해간다. 우리는 그가 꾸는 이러한 꿈이 삶의 곳곳에 배인 고통과 폐허의 기운을 역설적으로 걷어내고 견디면서 새로운 상상을 가능케 해주는 역설의 형질이 되어준다고 믿는다.

그동안 이수익 시인은 깊은 눈길로 세계를 응시하고 거기에 자신의 기억을 던져 넣는 모험을 마다하지 않았다. 자신의 삶을 구성하는 타자들에 대해 한없이 따스한 말을 건네면서 자신을 향해서는 매우 중량감 있는 성찰의 언어를 부여해왔다. 이러한 사유와 감각이 그의 시로 하여금 우리 시대를 끌어가는 구심력으로 나아가게 하고, 우리로 하여금 현실을 벗어나 꿈의 원심력을 가지게끔 하는 향원익청香遠益淸의 세계를 구성했던 것이다. 이때 우리는 '시인 이수익'의 양도할 수 없는 언어적 상징과 그만의 기원이자 브랜드를 선명하게 경험하게 된다. 그렇게 시인은 사물과의 친화와 결속을 통한 사랑의 시학을 담아왔다. 이제 우리는 이수익 시인이 이러한 그동안의 탁월한 성과를 딛고 품으며 앞으로도 더욱 심미적 열정과 첨예한 미의식을 갖춘 진경進境으로 나아가기를, 온 마음으로 희원해본다.